P. C. Zeller

Lepidopterologische Beobachtungen vom Jahre 1872

Antigonos

P. C. Zeller

Lepidopterologische Beobachtungen vom Jahre 1872

Unveränderter Nachdruck der Originalausgabe von 1873.

1. Auflage 2024 | ISBN: 978-3-38631-689-7

Antigonos Verlag ist ein Imprint der Outlook Verlagsgesellschaft mbH.

Verlag: Outlook Verlag GmbH, Zeilweg 44, 60439 Frankfurt, Deutschland, info@outlook-verlag.de
Vertretungsberechtigt: E. Roepke, Zeilweg 44, 60439 Frankfurt, Deutschland
Druck: Libri Plureos GmbH, Friedensallee 273, 22763 Hamburg, Deutschland

Entomologische Zeitung

herausgegeben

von dem

entomologischen Vereine zu Stettin.

Redaction:
C. A. Dohrn, Vereins-Präsident.

In Commission bei den Buchhandl.
v. E. S. Mittler in Berlin u. Fr. Fleischer in Leipzig.

No. 4—6.   34. Jahrgang.   April — Juni 1873.

Lepidopterologische Beobachtungen vom Jahre 1872.

von

P. C. Zeller.

1. Cheimatobia brumata L. und Cheimatobia boreata Hbn.

Am 9. Mai 1872 machte ich in Gesellschaft der Herren Hering, Miller und Schleich eine Excursion nach dem einige Meilen von Stettin gelegenen Tantower Walde. Schon ehe wir ihn erreichten, fanden sich an den isolirten Birkensträuchern einzelne Raupen der Ch. boreata. Im Walde selbst, der ausser Kiefern hauptsächlich aus Birken besteht, sonst aber auch Espen, Acazien und einzelne Wollweiden enthält, waren die Raupen dieses Spanners in so unzähliger Menge, dass nur wenige Birken noch einigermassen vollständiges Laub, die andern nur noch spärliche, zusammengesponnene Reste hatten, dass die Raupen überall, nach Futter suchend, an Fäden herabhingen und auf uns hängen blieben, dass viele noch unerwachsene am Boden krochen, andere an Kiefern, Wachholder, Espen, Weiden, Acazien (an denen Dr. Schleich sie auch fressen sah) sassen, von denen ohne Zweifel eine grosse Zahl vor Hunger umgekommen ist. Nur an der Westseite des Waldes waren fast gar keine Raupen und daher das Laub der Birken fast unversehrt. Nach meinen Erfahrungen bei Glogau musste, wenn anhaltend trocknes Wetter folgte, ein guter Theil der Birken absterben; solches Wetter ist aber nicht gefolgt, und ich habe noch nicht durch den Augenschein wahrgenommen, welchen Einfluss dieser Raupenfrass gehabt hat.

Dass die Birken der Westseite wenig beschädigt waren, war leicht dadurch zu erklären, dass sie an der Windseite stehen, die bei uns überhaupt von allen Schmetterlingen mög·lichst gemieden wird. Schwieriger ist die Erklärung, wie sich Raupen an den weit vom Walde entfernten Birkensträuchern, die gegen Tantow hin am Eisenbahndamm oder auf dem Torf-sumpf wachsen, finden konnten, da das Weibchen nicht fliegen kann, sicher nicht so weit vom Walde wegkriecht und eben-so sicher nicht vom Männchen hingetragen wird. Entweder sind diese Sträucher Reste des ehemals so weit reichenden Waldes und die dort vorkommenden Boreata die Nachkommen der hier lebenden Ahnen, oder, was wahrscheinlicher ist, sie sind als Raupen durch Menschen, Vieh, Fuhrwerk auf dem neben dem Damm liegenden Fahrwege dahin getragen wor-den (wie wir sie ja selbst in Menge weiter trugen, bis wir sie uns abstreiften), wobei natürlich die unverhältnissmässig grössere Mehrzahl umkommen musste, weil sie keine passende Futterpflanze finden konnte.

In dem Walde giebt es sehr wenig Eichen; ich bemerkte überhaupt nur drei. Da ich bei Berlin (im Thiergarten) und Glogau an Eichen nur Brumata, bei Glogau an Birken nur Boreata gefunden hatte, so war es mir auffallend, hier mitten zwischen Birken an einem grossen Eichenstrauch die Blätter ganzer Aeste zusammengezogen und wie von Boreataraupen befressen und dadurch auch zum Theil getödtet zu sehen; ich nahm daher eine Anzahl von Raupen — alle mit schwarzen Köpfen — mit und fütterte sie zu Hause mit Birkenlaub. Aus ihnen erschienen am 17., 21., 27. October drei Männchen, die ich nach den hellen Hinterflügeln zu Boreata gesteckt habe, am 19. October ein unzweifelhaftes Weibchen der Bru-mata, am 4. November ein Männchen, das ich wegen seiner dunklen Hinterflügel auch für Brumata halten möchte. Herr Miller, der nur Birkenraupen mitgenommen hatte, erhielt eine Anzahl Männchen, die von allen Stettiner Lepidopterologen als Boreata anerkannt wurden, und über ein halbes Dutzend Weibchen, die ohne Zweifel zu Boreata gehören, dagegen 3 Weibchen, die ebenso unstreitige Brumata sind.

Gewöhnlich ist es bei den Lepidoptern durchaus nicht, dass zwei nächst verwandte Arten unter einander vorkommen. Der Gedanke liegt also nahe, dass Brumata und Boreata blosse Formen einer einzigen Art seien, von denen die eine sich hauptsächlich an Birken, die andere an anderem Laubholz entwickelt. Aber Boreata ♀ unterscheidet sich von Brumata ♀ zu bedeutend, als dass dieser Gedanke vorläufig irgendwie annehmbar sein könnte. Da jedoch das gesonderte Vorkommen nächst verwandter Arten durchaus keine Regel ohne Ausnahme ist, so ist der Fall recht gut denkbar, dass bei Tantow beide Arten zusammen leben, und dass hier (und anderwärts) die beiderseitigen Raupen sich aus Noth zum Futter der Nebenart bequemen, wodurch dann bei den Männchen, an denen man überhaupt noch keinen andern als einen schwachen Farbenunterschied kennt, das zweifelhafte Aussehen hervorgebracht wird.

Die Raupe der Brumata ist, obgleich sie unter den schädlichen Garten-Insecten obenan steht, noch äusserst schlecht bekannt. Selbst Ratzeburg giebt über sie fast nur fremde mangelhafte oder falsche Beobachtungen, fügt dazu (Forst-Insecten II. S. 191) die Fabel von dem Fluge mancher Schmetterlinge „im nächsten Frühjahr" und kennt (S. 189) Boreata nur als Varietät nach den fabelhaften Treitschke'schen Angaben. Das Genaueste darüber ist, wie ich in einem längern Artikel (Tydschrift voor Entomologie 1868 S. 248 ff.) nachgewiesen habe, das von Kleemann vor 100 Jahren Mitgetheilte, worin aber Boreata mit eingemischt sein mag, so dass man wenigstens für die Raupen und Puppen keinen sichern Unterschied daraus entnehmen kann. In Sepp's Werk (III., Taf. 41) sind wenigstens Fig. 7 ($\male$ Oberseite) und Fig. 9 ($\female$) nicht geglückt, und über das Aussehen der Raupen bringt er nur die sehr kärgliche Notiz, dass sie grün mit schwarzem Köpfchen aus dem Ei kommen und erwachsen „in der Färbung sehr verschieden, hell und dunkel" sind. Höchst auffallend ist es, dass Heinemann für das Weibchen der Brumata (I., S. 826) angiebt: „Flügel wenig kürzer als der Hinterleib", während das der Boreata: „Flügel unter der halben Körperlänge haben soll". Von welcher Art mag er wohl das Weibchen als das der Brumata vor sich gehabt haben! Auch Snellen, der freilich nur Brumata als holländisch kennt, unterscheidet die Weibchen beider Arten ungenügend, da, nach seinen Angaben zu schliessen, ihre Flügel bloss durch die Zeichnung, nicht aber durch Länge und Breite verschieden sind.

Von Boreata habe ich bei Glogau unter andern Weibchen eins gefunden, das einen Darwinistischen Ansatz zur Weiterbildung und Vervollkommnung genommen hat, indem bei ihm der linke Vorderflügel zur doppelten Länge des rechten, wie gewöhnlich geformten, herangewachsen ist. Dieser linke Flügel hat ausserdem eine sehr abweichende Gestalt. Er ist lang zugespitzt, statt an der Spitze ganz abgerundet und am Innenwinkel verlängert zu sein, und sein Hinterrand geht daher sehr schräg einwärts gegen den Innenwinkel. Die beiden Querstreifen stehen weit auseinander und divergiren nach vorn sehr beträchtlich; doch ist der hintere

124

nur angedeutet. Der linke Hinterflügel und die ganze rechte
Seite haben die normale Gestalt. Ich gedenke, den merk-
würdigen Flügel gelegentlich abzuschuppen und von ihm so-
wie von den weiblichen Flügeln der Brumata und Boreata
Abbildungen zu liefern.

Obgleich ich in den mir zugänglichen nordamerikanischen
Schriften über Brumata nichts gefunden habe, so ist es mir
doch durchaus nicht unwahrscheinlich, dass diese Art im Ei
nach Nordamerika hinübergebracht ist und sich dort nicht
nur ansässig, sondern auch schon schädlich gemacht hat.
Wahrscheinlich kennt man sie dort ohne Ahnung ihres Lin-
nei'schen Namens. Ich habe durch Dr. Packard ein gutes
Männchen unter dem Namen Anisopteryx remota erhalten, das ich von einer Cheim. brumata mit ungewöhnlich deutlichen Querlinien nicht zu unterscheiden weiss und für ein
sicheres Exemplar dieses Spanners ansehe.

2. Conchylis*) Smeathmanniana F. und Conchylis Dipoltella Hbn.

Für die erstere Art zeigt Wilkinson als Nahrungspflanze
Anthemis cotula, und Heinemann noch ausserdem Achillea
millefolium an; für die letztere kenne ich bloss die von Dr.
Schleich in der Ent Zeitung von 1867, S. 24 (unten) und
von Rössler in der Nassauer Fauna S. 19 mitgetheilte Achillea millefolium.

Schon bei Glogau und Meseritz fand ich im Spätherbst
in den grösstentheils abgestorbenen Blüthenschirmen der
Schafgarbe nicht selten Wicklerräupchen, die aber durch un-
angemessene Behandlung im Laufe des Winters immer um-
kamen, so dass ich mich mit dem Gedanken beruhigte, sie
gehörten zu einer der gemeinen Dichroramha-Arten. Durch
Dr. Schleich erfuhr ich aber, dass Conch. Dipoltella daraus
werde. Diese Art kommt nur an einzelnen Stellen vor, während Schafgarbenräupchen fast überall keine Seltenheit sind.
Um mich von der Richtigkeit der Schleich'schen Angabe zu
überzeugen, befolgte ich seine Anweisung zur erfolgreichen
Erziehung. Da die Raupen an denselben Pflanzen überwin-
tern, an denen sie ihre Nahrung gehabt haben, so braucht

---

*) Herr von Tischer hat diesen Namen aus κογχύλη gebildet.
Da er mit den griechischen Buchstaben nicht vertraut genug war,
um zu wissen, was er mit dem γ anfangen sollte, so liess er es weg.
Treitschke, der eben so wenig Griechisch konnte, nahm das Wort so
an, wie es ihm geboten wurde. In der sichern Erwartung, dass man
die unerträglichsten Wortbildungen in der naturhistorischen Nomen-
clatur verbessern wird, schreibe ich mit Speyer, Lederer, Heinemann
und Staudinger's Catalog von 1861 Conchylis.

man zur Vermeidung der Schwierigkeit, die ihre Erhaltung in der Gefangenschaft immer bietet, sie erst im Frühjahr zu sammeln. Es versteht sich, dass im Laufe des Winters auch im Freien viele durch Witterung etc. zu Grunde gehen oder von Vögeln gefressen werden, und dass daher im Frühjahr beträchtlich weniger zu finden sind als im Herbst.

Ich sammelte also zu Anfang April in einer Gegend, die ich im Herbst sehr bevölkert gesehen hatte, alle Schafgarbendolden, in denen sich Gespinnst bemerken liess. Nachdem alle mitgesammelte Spinnen entfernt waren, bewahrte ich sie, der Anweisung gemäss, in einer geräumigen Schachtel, ohne sie anzufeuchten, weil die Anfeuchtung die Raupen und Puppen tödten soll. Zu meiner Ueberraschung krochen im ersten Drittel des Mai nach und nach 8 Smeathmanniana ♂ aus. Weil Dipoltella fast zwei Monate später fliegt, so hob ich die Pflanzentheile auf, feuchtete sie aber doch von Zeit zu Zeit ein wenig an. Am 6. Juli erschienen 2 grosse Dipoltella ♀. Ich halte es für sicher, dass diese aus den auf unfruchtbarem Boden gesammelten Raupen stammten, und ebenso scheint mir Smeathmanniana, die stets auf fruchtbaren Stellen fliegt, in den üppigsten Schafgarbenpflanzen aufgewachsen zu sein. Meine Raupen, in denen ich nur eine einzige Art vermuthete, habe ich nicht untersucht; sie mögen auch wohl nach der Ueberwinterung wenig Verschiedenheit zeigen. Ich gebe daher die Beschreibung der im Herbst gesammelten Raupen, die ich, freilich mit einigem Bedenken, weil ich sie nicht gesondert bis zur imago erzogen habe, für die der zwei oben genannten Arten halte. Ob ich ihnen die richtigen Namen gegeben habe, wird sich in nicht zu langer Zeit erweisen.

1. Die auf fruchtbarem Ackerlande wohnende, am 19. October gesammelte Raupe, also wahrscheinlich Smeathmanniana.

Gegen 4''' lang, madenförmig, etwas dick, nach hinten allmählich dünner, hellgraubraun mit mehr oder weniger beigemischter gelblicher Färbung, am Bauch heller, glanzlos, nur auf dem Rückengefäss und auf dem licht gelbbraunen, querrunzligen Analschilde ein wenig schimmernd; dagegen glänzen der schwarzbraune Kopf, das gelbbraune, nach vorn hellere, in der Mitte fein längsgetheilte Nackenschild und die schwärzlich geringelten Vorderbeine. Die Wärzchen und Luftlöcher sind durch die Lupe nicht zu erkennen; die falschen Beine sind klein und heller als der Körper. Die farblosen Borstenhaare stehen auf dem Rücken aufrecht, am Kopf und am Ende des Körpers horizontal und etwas übergeneigt.

Der herzförmige Kopf ist viel kleiner als der Prothorax, über der Lippe mit kurzem, hellem Querstrich. Das fast halbkreisförmige Nackenschild hat in der Mitte eine helle, nach hinten etwas erweiterte Längslinie; es ist in der Mitte seicht eingedrückt, gelbbraun, neben der Mittellinie am dunkelsten, nach vorn und seitwärts blässer. Die Haut des Körpers ist sehr faltig. Das Analschild ist dreieckig mit abgerundeten Ecken, in der Mitte ·mit einer seichten Quergrube, davor ziemlich glatt, in und hinter ihr querrunzelig. — Das Thier kann sich stark zusammenziehen und wird dadurch um so dicker.

2. Die am 23. November auf dürrem Gefilde, wo ich den Schmetterling in Mehrzahl gefangen hatte, gesammelte Raupe, also wahrscheinlich Dipoltella.

Etwas kleiner als Nr. 1, von gleicher Gestalt. Schmutzig gelblich, mit dunklerem, ziemlich verloschenem Rückengefäss; der tief gelbbraune Kopf und das halbmondförmige, gelbbraune, hinten schwarze Nackenschild sind glänzend. Das Analschild ist dunkler als die Grundfarbe des Körpers, ins Graue ziehend.

Kopf herzförmig. Nackenschild fast die Breite des Segments einnehmend, in der Gestalt wie bei Nr. 1, hinter der Mitte mit einer Querfurche; es ist von hellerer Farbe als der Kopf, am Hinterrande verdunkelt, in der Mitte von einer hellen Längslinie durchschnitten. Körperhaut sehr faltig, mit tiefen Gelenkeinschnitten, und mit kurzer, farbloser Behaarung, besonders vorn und hinten. Das Analschild hat bei $\frac{1}{3}$ eine Querfurche, von welcher eine Längsfurche, auf jeder Seite von einer Grube begleitet, nach hinten zieht. Die falschen Beine von der Grundfarbe des Körpers; die Brustfüsse auf der Aussenseite schwarzgeringelt und mit einem schwarzen, sichelförmigen Schildchen an der Wurzel. — Das Thier ist wenig beweglich.

Hinsichtlich der Lebensweise habe ich für beiderlei Raupen keinen Unterschied bemerkt. An den absterbenden oder abgestorbenen Dolden sind mehrere Blüthenköpfe zusammengezogen und mit verdorrten Blüthentheilen etwas bedeckt und oft mit andern ebenso beschaffenen Theilen der Dolde durch horizontal über die Blüthen hinziehende Seidenröhren in Verbindung gesetzt. In einer solchen Masse wohnt die Raupe innerhalb eines horizontalen, weisslichen, röhrenförmigen Gewebes. Da in mancher so eingerichteten Dolde keine Raupe mehr vorhanden ist, so scheint es, dass die Raupen wandern. Im Frühjahr nehmen sie keine Nahrung mehr zu sich. Um die Schmetterlinge daraus zu erziehen, hat man sie bis in den Mai hinein trocken zu halten; später scheint es nicht zu schaden, wenn die Pflanzen zuweilen ein wenig besprengt werden.

Conch. Dipoltella hat jährlich nur eine Flugzeit, die nach Wilkinson, Herrich-Schäffer und dem ihnen nachsprechenden Heinemann in den Juli und August fällt. Es ist aber gewiss, dass sie bei uns schon im Enddrittel des Juni in beiden Geschlechtern fliegt, und dass in der Mitte Juli kaum noch brauchbare Exemplare gefangen werden. Auch für die Gegend von Wiesbaden giebt Rössler eine Flugzeit von Mitte Juni bis Mitte Juli an.

3. Penthina pyrolana Wocke und Penthina roseomaculana HS.

Herrich-Schäffer wird mit seiner Abbildung und Beschreibung öfter als bisher in der Bestimmung der beiden Arten Verwirrung anstiften. Seine Abbildung Fig. 163 scheint auf die an Pyrola secunda lebende Art zu passen und nur zu gross und mit zu sehr verlängertem, röthlichweissem Costalfleck gegeben zu sein, und die Worte, mit denen er diese Art erläutert, widersprechen dem so wenig wie der Name. Er hat aber, wie die Stelle zwischen Sauciana und Gentianana und die Bemerkung, dass seine Roseomaculana gar nicht mit Lienigiana Z. (Lediana L.) übereinstimmt, beweist, die Art vor sich gehabt, bei welcher eine vollständige, breite, blassrosenrothe Binde vom Vorderrande hinter der Mitte bis in den Innenrand zieht, also die Art, welche Heinemann Wickler S. 111 als Lienigiana beschreibt und erst im Nachtrag S. 241 Roseomaculana HS. benennt, ohne die Angabe über die Nahrungspflanze zu berichtigen. Die von Herrn Grabow entdeckte Pyrolana wird von Wocke (Sep. S. 54) sehr gut beschrieben und mit den Worten: alis ant. fuscis, lineis transversis plumbeis, macula magna costae ante apicem, minore anguli analis roseis, gutta dorsi medii alba marginem non attingente; posticis saturate fusco-griseis, trefllich charakterisirt.

Wahrscheinlich giebt es die beiden Arten überall, wo Pyrola secunda und minor wachsen. Ich hatte, durch Dr. Staudinger's Schwiegervater Grabow angeregt, bei Glogau im Stadtforst Pyrolana als Raupe an der Pyrola secunda aufgefunden, hielt sie aber, weil ich nur wenig Raupen entdeckte und noch weniger Schmetterlinge erzog, für eine seltene Art. In der That kommt der Schmetterling im Freien selten genug vor; ich habe im Ganzen ein einziges Exemplar, ein Männchen, am 6. Juli 1856 im Glogauer Walde gefangen, vielleicht auch nur, weil ich dieser Art wegen des dort wachsenden Futters eine besondere Aufmerksamkeit schenkte. Dass sie bis jetzt zu den seltnen Arten gezählt worden ist, kann nur zwei Ursachen haben: 1) dass man weit mehr

Raupen übersieht als bemerkt; und 2) dass die Raupen zu Grunde gehen, weil man die Futterpflanze, die bekanntlich äusserst schnell hinwelkt, vertrocknen lässt. Bei Stettin war bis 1872 weder Pyrolana, noch Roseomaculana aufgefunden worden. Im vorhergehenden Winter machte ich die hiesigen Lepidopterologen auf die Wahrscheinlichkeit, dass wenigstens die eine hier einheimisch sei, aufmerksam. In Folge dessen wurden im ersten Frühjahr eine Menge Raupen an Pyrola secunda eingesammelt. Sie leben in den schotenförmig zusammengezogenen Blättern, die sie so ausfressen, dass sie braun werden und sich grösstentheils niederlegen oder gar abbrechen, und so übersehen werden. Als daher später dieselben Pflanzen von neuem abgesucht wurden, fanden sich fast noch eben so viel bewohnte Blätter, wie man schon gesammelt hatte. Auf ein recht gründliches Durchsuchen der Blätter kommt es also zunächst an. Zweitens ist die Raupe im April noch lange nicht erwachsen, sondern bedarf der Nahrung noch an 4—6 Wochen. Wenn man die Pflanzen der Pyrola secunda in ein kleines Gefäss mit Erde pflanzt und sie gehörig nass erhält, so gedeihen sie und die an ihnen lebenden Raupen vortrefflich; letztere verspinnen sich schliesslich innerhalb ihrer Wohnung, und die Schmetterlinge erscheinen im Enddrittel des Juni und während der ersten Hälfte des Juli. Aber nicht ihre Raupen allein bewohnen diese Pyrola-Art; die Herren Hering und Büttner erhielten auch die sonst an Vaccinium myrtillus und vitis idaea lebende Bipunctana (Charpentierana Z.), nebst Tortrix musculana, und letzterer sogar mehrere Exemplare der Bot. prunalis. Eine Beschreibung der Raupe ist, so viel ich weiss, noch nicht erschienen.

Wirklich seltner, wohl wegen der grössern Seltenheit ihrer Nahrungspflanze Pyrola minor, ist Penth. roseomaculana. Deren Raupe ist im Frühjahr schon völlig erwachsen, verpuppt sich bald und erscheint schon im Mai als Schmetterling. Ihre Erziehung bietet also noch viel weniger Schwierigkeit als die der Pyrolana. In demselben Kiefergehölz, worin man die Raupe reichlich im Frühjahr gesammelt hatte, wurden die Blätter der Pyrola im October wieder besetzt gefunden. Auch hinsichtlich der Pyrolana nehme ich mit Wocke an, dass ihre Raupe schon im Herbst an der Futterpflanze vorhanden ist. Ob nicht an andern Pyrola-Arten andere unbeachtete Wicklerraupen leben, bleibt noch zu erforschen.

Fast mit gleicher Bestimmtheit wie von diesen 2 Arten lässt sich von Penth. lediana L. (Lienigiana Z.) behaupten, dass sie überall zu finden sei, wo Ledum palustre wächst.

Sie ist daran viel leichter zu bemerken, weil die Raupe vor der Verwandlung an den Enden oder Seitentrieben ganze Blattbüschel zu einer Art Schote zusammenzieht, die ihre Anwesenheit sehr leicht verräth. Sie scheint aber, besonders auf weniger feuchtem Boden, den Verfolgungen]der Schlupfwespen viel mehr ausgesetzt zu sein. Die Schmetterlinge kriechen schon von der Mitte des Mai an aus.

4. Grapholitha (Tmetocera) ocellana SV. und (?) var. laricana.

Heinemann erwähnt die an Larix lebende Form als vielleicht specifisch verschieden von Ocellana (Wickler S. 206). Was er über ihre Färbung und Flügelgestalt sagt, ist richtig, aber bei der Veränderlichkeit der Ocellana hat nur das letztere Merkmal Bedeutung. Die Vorderflügel sind nämlich bei Laricana standhaft auffallend schmäler und gestreckter. Als fast beständiger Unterschied kann die geringere Grösse angesehen werden, da wohl nur kümmerlich genährte Männchen der Ocellana ebenso klein sind. Das Mittelfeld der Laricana ist nie so weiss wie bei Ocellana in der Regel, sondern dunkelgrau angelaufen, nur am Innenrande mehr oder weniger ins Weissliche; es ist ausserdem fast regelmässig schmäler, als Folge davon, dass das schwärzliche Basalfeld etwas weiter nach hinten reicht. Bei Ocellana, selbst in der ganz rauchbraun überzogenen Varietät, zeigen sich über dem Spiegelfelde unterhalb der Flügelspitze 3—4 scharfe, dicke, ungleich lange, tiefschwarze Parallelstriche. Unter 16 Laricana sehe ich sie nur bei einem Weibchen deutlich, während sie bei den andern ganz fehlen oder in einen dunkeln Fleck znsammengeflossen sind.

Die Raupe der Laricana, die ich schon in der Ent. Ztg. 1841 S. 11 (unter Zebeana) erwähnte, und die auch Herrich-Schäffer kennt (IV. S. 234), lebt, wie der Name sagt, an Pinus larix, deren Nadelbüsche sie der Länge nach mit spärlichem Gespinnst zusammenzieht. Sie befrisst die Nadeln nur wenig und wandert bald weiter, so dass man an manchen Aesten eine Anzahl zusammengesponnener Blattbüsche, aber keine oder nur einzelne Raupen antrifft. Ob sie die Knospen ausfrisst, habe ich nicht genau beobachtet. Dass die Ocellana-Raupe dies an Birnenästchen thut, weiss ich mit Bestimmtheit; überdies zieht diese die Blätter, z. B. der Erlen, mit reichlichen Fäden zu einem Knäuel zusammen. Beiderlei Raupen, die der Lärche und die des Laubholzes, sind so gut wie unbeschrieben; denn was Wilkinson nach Guenée über die der Ocellana sagt, ist zwar richtig, kann aber so wenig wie das von Treitschke

(X. 3 S. 51) Mitgetheilte irgendwie als Beschreibung gelten. Auch Treitschke gedenkt des Vorkommens auf Lärchenbäumen. Ob diese nun wirklich eine besondere Art nähren, die als Schmetterling ihr Hauptmerkmal in den schmalen Vorderflügeln hat, muss die genauere Beobachtung der Raupen entscheiden.

Laricana wurde zufolge Treitschke in der Mark Brandenburg beobachtet. Ich selbst erzog und fing sie zu Ende Juni bei Glogau und habe ein Mitte Juli gefangenes Männchen von den Lärchen der Bameralp am Hochschwab in Steiermark mitgebracht. Bei Stettin fand ich im Dohrn'schen Park in Hökendorf am 29. Juni an den kleinen Lärchenbäumen viele Nadelbüsche, die bewohnt gewesen waren, aber nur 2 Puppen, jede in einem spindelförmigen, weissen Gespinnst, das ungefähr ihre doppelte Länge hat, innerhalb ihrer Raupenwohnung; es krochen 2 Männchen aus. Herr Büttner, den ich auf diesen Wickler aufmerksam machte, fand in den nächstfolgenden Tagen an den Lärchenbäumen bei Nemitz ausser leeren Puppen einige, die ihm Schmetterlinge lieferten. Irre ich nicht, so habe ich auch aus Holland solche schmalflüglige Wickler zur Ansicht gehabt. Es ergiebt sich aber aus allem, dass Laricana eine sehr grosse Ausbreitung hat und überall, wo Coleophora laricella vorkommt (mit deren Raupen ich auch die ersten Laricana-Raupen auffand), zu Hause ist.

5. Grapholitha (Paedisca) roborana SV. und Grapholitha incarnatana H.

Um Penth. ochroleucana in Menge zu erziehen, sammelte ich am 18. Mai an einem vereinsamten, neben einem Felde stehenden wilden Rosenbusch (Rosa canina) viele der fast sämmtlich zusammengesponnenen Blätterbüsche und sperrte sie in einen grossen Blumentopf. Da ich kein frisches Futter nachtrug, so mussten die Raupen, die, wie sich ergab, nur zum Theil erwachsen waren, sich mit den dürr und schwarz gewordenen Blättern behelfen. Statt der erwarteten Ochroleucana erschienen von Mitte bis Ende Juni Roborana in sehr grosser Zahl, manche nur so klein wie Ocellana, andere in solcher Färbung, dass ich sie für Incarnatana und folglich diese nur für Varietät der Roborana hielt.

Bei genauerer Untersuchung muss ich aber doch der Incarnatana die Rechte einer eigenen Art zugestehen, wenn auch aus einem andern Grunde, als es bei den Autoren geschieht. In der Flügelgestalt lässt sich durchaus keine specifische Verschiedenheit erkennen*). Die blasse Rosenfarbe der Vorderflügel, die für Incarnatana als Hauptmerkmal gilt, und die in Hübner's fig. 248 zu gesättigt gegeben ist (nach Herrich-Schäffer soll sie sogar schön rosenfarbig sein**)), zeigt sich bisweilen in entschiedenes Weiss abgeblasst***). Dagegen sind mir Exemplare von Roborana mit so lebhaftem Rosenroth ausgekrochen, dass ich an der Artverschiedenheit irre wurde. Für Incarnatana soll ferner charakteristisch sein, dass das dunkle Wurzelfeld am Vorderrande scharf begrenzt endigt, nicht aber, wie bei Roborana, sich in einen streifenförmigen, ziemlich dunkelgrauen Wisch längs des Vorderrandes ergiesst. Dies ist bei meinen 11 Exemplaren (lauter Männchen) richtig; dagegen habe ich unter mehr als 50 sichern Roborana mindestens 20, darunter 2 mit rosenröthlicher Grundfarbe, bei denen das Wurzelfeld ebenso abgeschnitten endigt, ohne in den Vorderrand auszufliessen, so dass dieser Unterschied durchaus nicht beständig ist; oder man muss sagen: bei Incarnatana ♂ (vielleicht auch bei dem mir fehlenden ♀) ist das Wurzelfeld so scharf abgeschnitten wie bei Roborana ♀, während es bei Roborana ♂ am Vorderrande ausfliesst. (Herrich-Schäffer, der die Incarnatana in Menge gefunden zu haben versichert, behauptet sogar IV. S. 232 „das dunkle Wurzeldritttheil am Vorderrand oft etwas ausgegossen".) Endlich soll bei Incarnatana von dem Dreieck des Dorsalwinkels (welches Herrich-Schäffer zu 'hoch gegen die Mitte zu rücken scheint) eine verloschene, schattenhafte, auf beiden Seiten von der hellen Grundfarbe begrenzte Binde schräg einwärts gegen die Mitte des Vorderrandes ziehen. Bei einem meiner Incarnatana ♂ fehlt sie so sicher, wie sie bei den andern vorhanden ist. Dieses Merkmal möchte aber eher gelten, da bei den Exemplaren der Roborana, denen man einen ähnlichen bindenförmigen Streif zuschreiben, und die man daher mit mancher Suffusana vergleichen kann, die scharfe Begrenzung durch die helle Grundfarbe fehlt. — Es bleibt also der Hauptunterschied anzuführen, dessen weder Treitschke, noch Herrich-Schäffer oder Heinemann gedenkt, der sich aber in Wilkinson's Beschreibung richtig angegeben findet: die Beschaffenheit des dunkeln Wurzelfeldes. Es ist

*) Mein englisches, von Doubleday erhaltenes Exemplar der Incarnatana ist zufällig sehr auffallend schmalflüglig.

**) Wohl wie in Hübner's Amoenana fig. 248, in der das Roth sicher übertrieben ist, vielleicht künstlich, wie der Insectenhändler Keitel z. B. das Grün der Jasp. Celsia zu verschönern weiss.

***) Frölich sagt Tortr. Würt. p. 51: color incarnatus aetate in niveo-album abit. Bei meinen Exemplaren scheint aber der color albus von Anfang an dagewesen zu sein.

bei Roborana eintönig schwarzbraun, höchstens mit dunkeln
Stellen, die als Querstriche gelten können, auf dem Flügel-
umschlag, oder beim Weibchen auf dem Vorderrande selbst.
Bei Incarnatana ist dieses Feld viel heller, in seiner Mitte
am Innenrande fast weisslich, und dabei überall von
deutlichen, schwarzbraunen, welligen Querlinien und zerstreuten
solchen Querstrichelchen durchzogen; die schärfste und dunkelste Querwelle bildet die Grenzlinie gegen das helle Mittelfeld. — Aus der angegebenen Beschaffenheit des Wurzelfeldes
ergiebt sich am überzeugendsten, dass die mit gewöhnlichen
Exemplaren erzogenen 5 rosenröthlichen Exemplare (2 ♂ 3 ♀)
zu Roborana und nicht zu Incarnatana gehören.

Letztere Art, die ich noch nicht lebend sah, erhielt ich
ausser aus Oestreich, Toscana und England in mehreren
Exemplaren aus der Gegend von Königsberg in Preussen,
wo sie nicht gerade selten zu sein scheint.

6. Tinea arcuatella Stt. (picarella H.).

Am 29. Juni machte mich unser Präses in seinem Garten
in Hökendorf auf Pilze (Boletus) aufmerksam, die an einem
Pflaumenbaumstamm mehrfach hervorgewachsen waren, und
aus denen er schon seit mehreren Tagen leere Schmetter-
lingspuppen hervorstehen gesehen hatte. In der Vermuthung,
Tin. parasitella zu erhalten, brach ich die meisten Pilze mit
dem Stemmeisen ab. Schon am folgenden Tage kroch eine
Arcuatella ♂ aus, und da ich die Pilze fleissig anfeuchtete,
so dass sie nicht austrocknen konnten, so erschienen im
Laufe des Juli und bis zum 28. August noch acht Exemplare
in beiden Gaschlechtern. Ob die im August erschienenen zu
einer zweiten Generation gehörten, oder ob die Entwicklung
so sehr ungleich vor sich geht, dass sie sich über mehr als
drei Monate erstreckt, darüber bin ich unsicher geblieben,
wenn ich auch das Letztere für das Wahrscheinlichere halte.
Obgleich die Pilze möglichst feucht, ohne zu schimmeln, auf-
bewahrt wurden, so sind doch die 4 im August ausgekrochnen
Motten kleiner als die früheren, und überhaupt alle kleiner
als die im Freien, wahrscheinlich schon im Mai, gefangenen
Exemplare meiner Sammlung.

Am 3. August kroch eine Raupe auf einem Pilz umher,
welche ich, weil sie vermuthlich erwachsen war, beschrieben
habe.

Etwas über 6 Lin. lang, dünn, schmutzig weisslich (haut-
farben), fettglänzend mit dunkelgrauem Darminhalt, dessen
Färbung nur die Seitenränder des Körpers, das Analsegment
und das halbe vorhergehende Segment frei liess. Kopf ziem-

lich gross, herzförmig, dunkel honiggelb. Prothorax mit hellerem, halbmondförmigem Nackenschild, das, in der Mitte von einer hellen, feinen Längslinie durchzogen, das grössere Vordertheil des Segments einnimmt und so breit wie der Kopf ist. Das Analschild hat ganz die Farbe des Körpers, ist ohne Sculptur und trägt nur die nach hinten gerichteten, gewöhnlichen Borsten. Die farblosen Borsten des Körpers haben die regelmässige Stellung und Länge. Alle 16 Beine sind klein, dünn und von der Körperfarbe.

Am folgenden Tage kroch eine etwas über 7 Lin. lange Raupe auf dem Pilz herum; sie hatte einen recht reichlich gefüllten, grau durchscheinenden Darmkanal. Am 11. Septbr. zeigte sich ein Räupchen von 4 Lin. Länge, welches, ausser dass es verhältnissmässig dünner war, sich von den beiden andern in der Färbung nicht unterschied.

Gestört bewegten sich alle drei ziemlich rasch und suchten sich einzubohren, was ihnen an den mit Wurmfrass bekleideten Stellen schnell genug gelang, so dass sie bald verschwunden waren. Der Wurmfrass wird nämlich hier und da ziemlich reichlich hervorgestossen und bildet unregelmässige Züge, unter denen sich in der Oberfläche des Pilzes Gänge befinden. Die erwähnten Räupchen frassen sich also nicht etwa in die holzige Pilzsubstanz ein, sondern verkrochen sich nur in einen der durch den Wurmfrass verdeckten, sonst offenen Gänge.

Auf diesen Pilzen gediehen kleine, mit eingetragene Poduren recht gut. Seit dem 20. August waren sie plötzlich verschwunden. Ich fand aber eine kleine, graue Spinne, die sich in die Schachtel geschlichen hatte, und wahrscheinlich hatte diese in der vorhergehenden Nacht sämmtliche Poduren weggefangen. Erst zu Ende des Monats sah ich wieder eine sehr kleine Podure auf den Pilzen. Dafür entwickelte sich um diese Zeit mehrere Tage hinter einander des Morgens eine Menge Exemplare einer kleinen Sciara, die aber den Tag über, weil sie offenbar keine hinreichend feuchte Luft hatten, fast sämmtlich verschwanden.

7. Tinea lapella H. (ganomella Tr.).

Mit Ausnahme Stainton's, der diese Art (Ins. Brit. p. 34) als nicht sonderlich selten in zwei Generationen aufführt, bezeichnet jeder Autor sie als selten. Nicht durch Heinemann's Angabe (Tin. S. 55): „die Raupe in den Nestern der Vögel", sondern durch einen in den frühern Jahrgängen unserer Zeitung über die in Schwalbennestern vorkommenden Insecten publicirten Aufsatz wurden die Stettiner Lepidopterologen auf den Gedanken gebracht, dass auch die Vogelnester in Feld und Wald wohl die eine oder andere der seltneren, nicht in Pilzen lebenden Arten von Tinea enthalten möchten. Es wurde demnach zu Ende Winters eine Menge Vogelnester durch Landleute gesammelt und unter die hiesigen Mitglieder der entom. Gesellschaft vertheilt. Die mir zu Theil geword-nen, die wohl nur Waldvögeln angehört hatten, bewahrte ich in einer geräumigen Schachtel, indem ich durch gelegentliche Anfeuchtung dafür sorgte, dass sie nicht zu trocken wurden. Da ich sie von Anfang an in der warmen Stube hatte, so war ich derjenige, dem die ersten Schmetterlinge auskrochen. Am 24. März sassen 4 Exemplare der Tin. lapella in der Schachtel. Das Auskriechen dauerte den April hindurch fort. Die Motten liessen sich nicht durch Erschütterung der Schachtel aufscheuchen, sondern sassen still an dem als Decke dienenden Flor oder an der Unterseite der Nester, wo sie nicht ganz leicht zu bemerken waren. Es gelang mir nicht, ein Nest zu entdecken, worin Puppen enthalten waren, wäh-rend bei Herrn Miller eins eine Menge enthielt, die alle nach dem Auskriechen der Motten hervorstanden. Ich liess eine Anzahl Motten leben, damit sie sich fortpflanzen und mir die Raupen zur Beschreibung liefern sollten. Aber obgleich ich ihren Aufenthaltsort in nicht zu trocknem Zustande er-hielt, so fand ich doch später keine Spur der Raupe, woher ich mich auch nicht überzeugen konnte, ob die Art wirklich, wie Heinemann (wohl nach Stainton) angiebt, bei uns in einer zweiten Generation, deren Falter mir nie vorgekommen sind, auftritt. Alle nnsere Lepidopterologen, welche Nester erhalten hatten, zogen Lapella in Menge, kümmerten sich aber weiter nicht um eine neue Raupenbrut.

Ausser der Schaar von Tin. lapella krochen dem Dr. Schleich einige Exemplare der Tinea rusticella aus; mir am 4. April eine Gelechia notatella ♀, deren Raupe sich ohne Zweifel von einer Wollweide an ein Nest zur Verpup-pung begeben hatte; Herrn Miller drei Exemplare der bisher noch nicht bei Stettin aufgefundnen Oecophora luridico-mella HS., fig. 367, Heinemann Tin. S. 378, deren Raupen wahrscheinlich ihre Nahrung in den Nestern gefunden hatten.

Es ist nicht zu bezweifeln, dass in den Nestern, die im freien Felde oder zwischen Wasserpflanzen gebaut werden, sich andere, möglicherweise gar noch unbekannte Tinea-Arten aufhalten, dass also diese Art der Schmetterlingsjagd fortzusetzen ist.

Bei dieser Gelegenheit mache ich die Sammler darauf aufmerksam, dass sie möglicherweise eine Wicklerart ent-decken können, die so hoch über dem Erdboden wohnt, dass sie sich ausserhalb des Bereichs ihrer Netze hält und daher aus der Raupe gewonnen werden muss. Bei Meseritz wächst Viscum album nur ganz vereinzelt im hohen Kiefernwalde und meist so dürftig und versteckt, dass sich sein Vorhandensein nur durch die auf dem Boden umherliegenden Bruchstücke verräth. Am 11. Februar 1867 fand ich im Walde einen abgefallenen Mistelzweig, der am untern, braun gewordenen Ende ausgehöhlt, und woran auch ein Blatt an der Endhälfte ausgefressen, beides aber unbewohnt war. Mir schien eine Wicklerraupe, etwa eine Grapholitha, beide Theile ausgefressen zu haben, und auch Stainton, dem ich das Blatt schickte, war der Ansicht, dass eine Schmetterlingsraupe es gethan habe. Da Misteln in den Anlagen um Stettin häufig sind, so machte ich die hiesigen Lepidopterologen mit meiner Beobachtung bekannt. Ihre Nachforschungen waren jedoch ohne Resultat. Ob dies bloss die Folge davon war, dass sie ihre Nachforschungen nicht in mehreren Gegenden anstellten, und nur an Laubholz — denn, wie oben gesagt, machte ich meine Beobachtung im Kiefernwald — muss die Zukunft lehren. Dass ein Insect im Viscum album hoch oben in den Aesten der Bäume lebt, ist kaum zu bezweifeln.

8. **Platyptilia ochrodactyla** Hbn. und **Platyptilia Bertrami** Rssl.

Mehr um zu ferneren Nachforschungen anzuregen, als um einen entscheidenden Ausspruch zu thun, theile ich mit, was über diese zwei Arten bei Stettin beobachtet wurde. Der Hauptsache nach unterscheidet sich die als Raupe in den Stengeln des Tanacetum vulgare lebende Ochrodactyla durch die „abwechselnd weiss und braun geringelten Hinterschienen" von der „in Achillea ptarmica, vielleicht auch in Ach. millefolium als Raupe lebenden und an den mittlern Gliedern (d. h. den hintern $\frac{2}{3}$) der Hinterschienen einfarbig rostbraunen" Bertrami. (Rössler in der Wiener entomol. Monatschrift 1864, S. 53 und in den Nassauer naturw. Jahrb. 1866, S. 261). (Die von Mühlig Ent. Ztg. 1863, S. 213, angegebnen Merkmale des in Achillea millefolium lebenden Dichrodactylus scheinen für diese Unterscheidung nicht recht zu passen). Hiernach galten uns, da alles Andere der Veränderlichkeit unterworfen scheint, die Exemplare, bei welchen an den Hinterschienen ein braunrother Gürtel vor dem ersten Dornenpaar und dann nach einem breiten, weissen Zwischenraum die Endhälfte wieder ocherbraun ist, als Ochrodactylus HS., und diejenigen, bei welchen der weisse Zwischenraum ganz fehlt, das Ocherbraun aber trüber und verloschener ist, als Bertrami Rssl. Demgemäss sprach ich mich Ent. Ztg.

1867, S. 333*), über die Verschiedenheit beider aus, und
ebenso hat Dr. Wocke im Catalog die Synonymie geordnet.

Im Jahr 1865 traf ich zu Ende Juni an einem Abhange
der Chaussee bei Frauendorf (bei Stettin) zwischen dem dort
häufigen Tanacetum vulgare eine Anzahl Schmetterlinge der
Plat. Bertrami, von denen ich noch 4 in der Sammlung habe.
Die Stettiner Lepidopterologen meldeten mir später, als sie
die Merkmale beider Arten kennen gelernt hatten, dass sie
nur Bertrami bei Stettin angetroffen hätten. Als nun im Mai
1872 beim Julo die Raupe einer Platyptilia in Menge gefunden worden war, nahmen wir natürlich an, dass es die der
Bertrami sei. Ich besuchte am 16. Mai die mir vom Jahre
1865 bekannte Stelle, weil ich da die Raupe mit Sicherheit
erwartete; aber statt der damals sehr häufigen Pflanzen gab
es nur sehr wenige, und diese verkümmert und ganz unbewohnt.
Jedoch am grasigen Rande der Chaussee fand ich in ansehn-
licher Entfernung von dieser Stelle ein paar grosse Büsche
von Tanacetum, an denen sich leicht erkennen liess, dass sie
besetzt seien. Fast jede Pflanze enthielt wenigstens eine
Raupe, so dass ich einen grossen Busch besetzter Stengel
sammelte. Ich meldete den Fund der Raupen von Bertrami
an Tanacetum dem Dr. Rössler, der mir zum Beweise, dass
es nur Ochrodactyla sein könne, eine Anzahl Tanacetumsten-
gel, die ganz auf die Weise der hiesigen besetzt waren, und
deren Einwohner sich auch von meinen Raupen gar nicht
unterscheiden liessen, zuschickte. Da ich sie der Sicherheit
wegen abgesondert erzog, so ergab sich, dass sie ohne allen
Zweifel derselben Art angehörten.

Die Zucht ist übrigens nicht ganz leicht. Da die Pflanzen schnell welken, so gehen die Raupen aus ihren Löchern
hervor und bohren sich nicht wieder ein, sondern verkommen,
wenn sie noch nicht erwachsen sind. Die Pflanzen müssen
also frisch erhalten werden und dürfen ausserdem nicht zu
gedrängt stehen.

Die bewohnten Stengel sind durch die schwarzen Kothhaufen, die aus der Oberseite der Blattachseln hervorstehen,
sofort zu erkennen. Zieht man das Blatt vom Stengel ab,
so zeigt sich im Stengel das Bohrloch, unterhalb dessen die
Raupe mehr oder weniger tief eingebohrt ist. Soweit der
Raupe der Stengel markig genug scheint, frisst sie ihn ganz
aus, manchmal einen Zoll tief. Dann wandert sie weiter, um
eine frische Blattachsel aufzusuchen. Manche Pflanze enthält

---

*) Hier ist der Druckfehler (Endfläche statt Endhälfte) zu
corrigiren.

zwei Bewohnerinnen, deren Anwesenheit die Kothhaufen verrathen.

Dr. Rössler hat zwar in der Wiener Monatsschrift eine Raupen-Beschreibung gegeben; ich halte eine ausführlichere für keinen Ueberfluss.

Diagnose: Larva tubipes, dilute viridis, microscopice setulosa, capite, prothorace et scuto anali dilute melleis, vittis sex albidis (duabus dorsalibus latioribus) punctula ordinaria pilifera gerentibus.

Lang 6''', cylindrisch, nach hinten etwas verdünnt, hellgrün (in der Jugend mehr graugrün), bisweilen etwas röthlich, mit 6 weissen, vom Prothorax bis zum Analschilde reichenden Längsstreifen, von denen die 2 breitsten das verdunkelte Rückengefäss einfassen und auf jedem Segment zwei feine, schwarze Punkte, jeden mit einem klaren Börstchen, enthalten. Der zunächst unter diesen Rückenstreifen folgende Streif ist kaum halb so breit und von dem darüberliegenden durch einen noch schmälern Raum getrennt; er bildet eine weisse Linie, in welcher auf jedem Segment über dem Luftloch ein schwarzes Pünktchen liegt. Der darunter folgende grüne Raum, der die deutlichen, als schwarze, mit weisslichen Ringen umzogene Punkte erscheinenden Luftlöcher enthält, ist so breit wie der oberste weisse Streif und wird nach unten durch eine dünne, weisse Linie des Seitenwulstes begrenzt, welche auf jedem Segment eine horizontal abstehende, klare Borste trägt. Der Bauch ist heller grün, oberhalb der Bauchfüsse mit einem ganz verloschenen, weisslichen Streif, der auch bisweilen fehlt. Der kleine Kopf ist herzförmig, hell honiggelb, etwas glänzend, mit schwärzlichem Maul und solchem Ocellarfleck. Das Nackenschild hat dieselbe gelbliche Farbe wie der Kopf und ist vorn etwas glänzend, auf dem Rücken mit schwarzen Pünktchen, von denen 6 am Vorder- und 4 am Hinterrande so gestellt sind, dass sie ein Parallel-Trapez abgrenzen. Das Analschild ist gelblich oder grüngelblich, sehr schwach convex, mit seichten Vertiefungen auf dem Rücken, sonst ohne Auszeichnung. Kopf und Prothorax sind mit nach vorn, die Analgegend mit nach hinten geneigten Härchen bekleidet. Ausserdem ist die Haut sehr reichlich mit microscopischen, ganz kurzen, klaren Börstchen bedeckt. Die kurzen Beine sind blassgrün und recht gut zum Festhalten geeignet. Die Bauchfüsse sind ächte Stelzfüsse, aber kurz und dünn cylindrisch. Der Körper fühlt sich ziemlich hart an. Die Raupe kriecht, da sie fortwährend spinnt, mit Leichtigkeit an Glas umher.

Zur Verwandlung geht sie aus der Pflanze heraus und wird nun hellgrün mit blässer weissen Längsstreifen. Sie kriecht viel umher, ehe sie einen schicklichen Platz, im Freien wohl gewöhnlich an einem Stengel, in der Gefangenschaft an einer glatten Wand, gefunden hat. Hier bespinnt sie einen länglichen Raum nicht ganz von ihrer Länge mit weisser Seide, auf der sie lang ausgestreckt sitzt. Nachdem sie immer einfarbiger grün und im Thorax dicker geworden ist, streift sie am dritten Tage die Raupenhaut ab.

Die 5—6''' lange Puppe ist vor allen andern dieser Gattung, ausgenommen Bertrami und warscheinlich Bischoffii, durch die Länge ihres schnabelförmigen Stirnfortsatzes ausgezeichnet, sonst in Bau und Kahlheit der von Gonodactyla gleich und nur etwas schlanker. Ihre Farbe ist grünlich, oft etwas röthlich angelaufen, oder grau. An der Thoraxpartie treten die Scheiden der Füsse, Fühler etc. so wie die Adern der Flügelscheiden als feine, weissliche Linien hervor; die Flügelscheiden sind zwischen den Adern bräunlich ungleich gefleckt. Der $\frac{2}{3}$''' lange Stirnfortsatz ist zusammengedrückt pyramidenförmig, dunkelgelbbraun; die Kanten zeigen sich als weissliche Linien, die sich auf dem abgerundeten, weisslichen Ende vereinigen. Die Spitze, welche durch die Fussscheiden gebildet wird, reicht bis zur Mitte des dritten Hinterleibs-Segments. Der Hinterleib, dessen Segmente, ausser in den Einschnitten, sehr fein und gedrängt gefurcht sind, trägt in der Rückenmitte einen nach vorn verdünnten und verschwindenden, gegen die Schwanzspitze verstärkten, hellbraunen Längsstreif. An jeder Seite sind zwei blässere und dünnere; über dem obern liegt auf den Segmenten 3, 4 und 5 je ein brauner Punkt. Tiefer abwärts folgt ein starker, dunklerer Seitenstreif, der auf der Oberseite fein weisslich gesäumt ist. Noch tiefer, am Rande des Bauches, ist eine scharfe, dünne, in den Einschnitten unterbrochene Längslinie. Am Bauch ist jedes Segment mit einem fast den ganzen Raum desselben einnehmenden bräunlichgrauen Fleck bezeichnet.

Beunruhigt schlägt die Puppe, wie wohl jede andre Pterophoriden-Puppe, den ganzen Vorderkörper nach hinten über. Dies ist ihr dadurch möglich, dass sie so wenig wie irgend eine andre Pterophoriden-Puppe mit einem Faden um den Leib nach Art der Tagfalter befestigt ist, sondern mit der Afterspitze und mit einigen Häckchen am Bauch des vorletzten Segments in der Seide fest hängt.

Eine von Tengström mit dem Schmetterling erhaltene leere Puppe der Pl. Bertrami ist der beschriebenen Puppe ganz gleich; nur die braunen Hinterleibs-Streifen sind alle sehr dünn und verloschen, und der Bauch ist ganz ungefleckt.

Wie bei Pteroph. inulae krochen mehrere Schmetterlinge

mit mehr oder weniger verkrüppelten Hinterschienen aus (Prof. Hering zeigte mir einen von ihm gefangenen, bei dem sie gleichfalls verbogen sind, so dass diese Verkrüppelung auch im Freien vorkommt). Der erste Schmetterling erschien mir am 2. Juni und war ein Männchen — der ächten Plat. Bertrami! Alle später im Laufe des Juni ausgekrochnen Schmetterlinge können nur zu Ochrodactyla gezogen werden, obgleich sie merkliche Verschiedenheiten in der Färbung der Hinterschienen zeigen. Bei einigen ist das Band vor dem ersten Dornenpaar so schmal und verloschen, dass man fast ebenso gut behaupten kann, die Schiene sei ganz weiss ausser an der Endhälfte des Raumes zwischen den zwei Dornenpaaren. Bei andern, denen sich das erste dunkle Band nicht absprechen lässt, nimmt die weisse Färbung kaum $\frac{1}{3}$ des Raumes zwischen den Dornenpaaren ein. Wohl nur bei den Weibchen ist das Braune an den Hinterbeinen und auf den Vorderflügeln von merklicher Dunkelheit, während es bei den Männchen mehr oder weniger hellochergelb oder ocherbräunlich ist.

Dieselbe Beobachtung hat auch Herr Büttner gemacht, der eine weit grössere Zahl als ich erzogen hat. Auch er erklärt eins seiner Exemplare für eine unstreitige Bertrami.

Noch sei erwähnt, dass wenigstens bei den Tanacetum-Pflanzen, an denen ich meine Raupen sammelte, keine Achillea stand, die ich etwa aus Versehen hätte mit abpflücken können.

9. Platyptilia Graafii Zell.

Platyptilus isodactylus, de Graaf in Tydschrift voor Entomologie 1868, p. 71—78, pl. 2, fig. 1—3.

Das einzelne Exemplar von Isodactylus, das ich vor 20 Jahren in der Linnaea Entom. VI. (1852) S. 328 beschrieb und dann an seinen Eigenthümer zurückschickte, hat einen so schwachen und verfälschten Eindruck bei mir zurückgelassen, dass, als Herr Snellen mir seine grosse Holländische Art zur Ansicht schickte, ich sie ohne sorgfältige Befragung der von mir verfassten Beschreibung für Isodactylus erklärte. Noch mehr! Diese Holländische Art gab mir nun eine so gründlich falsche Vorstellung vom wahren Isodactylus, dass ich ein Exemplar des ächten Isodactylus, das mir Herr Jordan im Frühjahr 1872 zuschickte, für eine ganz neue Species erklärte!

Dieses grobe Versehen glaube ich dadurch am besten zu berichtigen, dass ich die Holländische Art nach ihrem sorgfältigen Beobachter benenne — was Dr. Staudinger jedoch wahrscheinlich als keine Berichtigung gelten lassen wird;

denn da er für die Englische Art den Bastardnamen Simili-
dactylus wieder aufgenommen hat, so wird er wohl für die
Holländische den Namen, unter dem sie zuerst publicirt wurde,
für den rechtmässigen erklären.

Diese Plat. Graafii ist mit Nemoralis und Capnodactyla
die grösste in ihrem Genus und ausserdem die dunkelste mit
Ausnahme der Capnodactyla, die aber ausser andern Verschiedenheiten durch ihre kürzeren Vorderflügelzipfel und
breiten, schwärzlichen Hinterflügelfedern sehr von ihr ab-
weicht. Zetterstedtii und die nordamerikanische Cardui haben, abgesehen von ihrer geringern Grösse, stets eine helle,
gelbliche Grundfarbe, und das dunkle Vorderflügeldreieck ist
bei ihnen schmäler und feiner gespitzt; bei Zetterstedtii zeigt
auch die erste Feder auf der Unterseite eine deutliche, weisse
Querlinie. Für Gonodactyla, deren Grundfarbe bisweilen,
wenn auch nie so sehr wie bei Graafii, dunkel vorkommt,
werden sich folgende Unterschiede bestätigen: viel geringere
Grösse; Hellgrau in der Grundfarbe vorherrschend; die scharfe,
weisse Querlinie über den ersten Vorderflügelzipfel, von welcher Pl. Graafii gewöhnlich nicht die geringste Spur zeigt;
die helle Querlinie auf der Unterseite der ersten Hinterflügel-
feder, die bei Graafii fehlt oder kaum angedeutet ist; das
einfarbig rein weisse zweite, gewöhnlich auch dritte, Hinter-
fussglied — bei Herrich-Schäffer fälschlich mit grauer Spitze
gegeben —, statt das beide Glieder bei Graafii mit feinen,
schwarzbraunen Spitzen versehen sind. Isodactyla, von der
ich jetzt 5 Exemplare der kleinern, 3 der grössern Varietät
vor mir habe, erreicht in der letztern nur die Grösse der
Zetterstedtii oder einer mittlern Gonodactyla, ist auf den Vorderflügeln trüb gelbbräunlichgrau mit ganz verwischtem dunkeln Costalfleck und auf der Unterseite noch durch die ein-
farbigen bleichgelblichen Zipfel ausgezeichnet.

Von Pl. Graafii wurde die Raupe bei Rotterdam am
Rande von Gewässern in den Stengeln des Senecio nemorensis var. Fuchsii aufgefunden; in diesen verpuppt sie sich, und
die Motte, die nur eine Generation hat, kriecht in der zweiten Hälfte des August durch ein Bohrloch aus. Die Puppe hat
wie die von Gonodactyla nur ein kurzes Spitzchen an der Stirn.

Nach de Graaf's Mittheilung ist es sehr wahrscheinlich,
dass diese Art schon vor mehr als 100 Jahren entdeckt wurde.
In der Natuurlyke Historie der dieren, planten en mineraalen
volgens het samenstel van den Heer Linnaeus door Houttuyn
Ins. 1. 1767, pag. 748 wird ein veer-uiltje (Federeulchen) erwähnt und pl. 92, F. 18 mangelhaft abgebildet, von welchem „Herr
Juliaans zu Utrecht die Raupe in den Stielen des Senecio sarace-
nicus (welches eben die Nemorensis var. ist) aufgefunden hatte.„